KB114990

김사랑 서정시집

대한민국에서 산다는 것

김사랑 서정시집
대한민국에서 산다는 것

2022년 2월 15일 초판 1쇄 펴냄

지은이 / 은파 김사랑

펴낸이/ 길도형
편집/ 이현수
펴낸곳/ 타임라인
출판등록 제406-2016-000076호
주소/ 경기도 고양시 일산서구 덕산로 250
전화/ 031-923-8668 팩스/ 031-923-8669
E-mail/ jhanulso@hanmail.net

ⓒ 김사랑, 2022.

ISBN 979-11-92267-00-5 03810

장수하늘소 시인선 001

김사랑 서정시집
대한민국에서 산다는 것

장수하늘소

그대는 나를 만나서
나에게 고맙다 말씀하시지만,
나는 그대를 만나
그대에게 감사합니다

그대 내가 사랑하는 이름
보일 듯 보이지 않는 사랑의 나라
나의 조국 대한민국

2022년 大寒
은파 김사랑 올림

목
차

그대에게 감사합니다   161

그대는 나를 만나

그런 나무처럼

녹음이
진 자리에
꽃이 아니 지듯이

눈꽃이
나리운 자리에
낙엽이 아니 나리듯

같은 자리에서
같은 모습으로
같은 믿음을 주는

그런 나무처럼
살다 가고 싶습니다

꽃이
아름답기로서니
전부를 품지도 아니하고

초록이
푸르기로서니
전부를 물들이지도 아니하고

낙엽이
나리우기로서니
전부를 나리우지도 아니하고

눈꽃이
덮기로서니
전부를 덮지도 아니하는 법

하여
보고자파도
먼저 보고프다 아니 하고

떠나고자파도
먼저 떠나지 아니 하고

그리우면
그리운 대로
아프면 아픈 대로

봄 되면
그리운 맘 꽃을 피우고

여름 되면
설레는 맘 초록으로 물들이다

가을 되면
허전한 맘 낙엽되어 떨구우며

겨울 되면
시린 맘 눈꽃으로 피어 올리는

그런 나무
나무처럼 살다가고 싶습니다

대한민국 나의 조국

하루를
살아도

하이얀
재처럼

나
하루를
살아도

빠알간
단풍처럼

타는
그리움으로

떨구는
목숨으로

나
아낌없이
살았노라

하여도
돌아보면

두고온
애달픈 사연

하여도
돌아보면

가슴에
내리는 눈물

그 이름

대한민국
나의 조국

인연

우리의 인연이
어디까지인지는 모르지만

우리의
인연이 끝날 때에도

우리
처음 만난 그때
그 마음 같았으면
좋겠습니다

바라만 보아도 좋고
스쳐만 지나도 좋았던

그대와 나

들어만 주어도 좋고
있어만 주어도 좋았던

그대와 나

서로가
서로의 사연에

내 가슴이
그대 가슴을
울먹이오는 건지

그대 가슴이
내 가슴을
울먹이오는 건지

바라만 보아도
눈물 나던 서로와 서로

불러만 주어도
목메이던 서로와 서로

우리의 인연이
어디까지인지는 모르겠지만

우리의
인연이 끝날 때에도

아무리 눈물나도
아무리 목메여도

서로가
서로를 감싸오고

서로가 서로의
가슴을 적시오던

우리
처음 만난 그때
그 마음 같았으면
좋겠습니다

아름다운 사람

이제는
피는 것보다

지는 것이
아름다운 사람이고 싶다

이제는 동트는
새벽의 여명보다

노을 지는 저녁의
잔잔한 사람이고 싶다

이제는
처음보다

마지막이
아름다웁고 싶고

이제는
수많은 사람보다

한 사람에게
아름다운 사람이고 싶다

하여

그 한 사람
그 한 이름이

이제는

내 가슴
내 입술에
그대이고 싶다

내가 불러 아픈 이름

비겁한
목소리에 노상

미안한
내 조국이었노라

행동 없는
양심에 노상

부끄러운
내 조국이었노라

하루를 살아도

나 이러하지
않아야 했거늘

하루를 살아도

나 아닌 건
아니다 해야 했거늘

노상
이런저런 핑계에
비겁한 나였노라

허나

비겁한
내 탓이라고
차마 못 했던 나였노라

하여
불러도 불러도
내가 아픈 이름

아
나의 조국
대한민국이었노라

하루를 살아도

살아감에 있어

죽도록
아파 보지 않은 자와
사랑하지 말라 한다

내가
아파 보지 않은 자가

어찌 네가
아픈 줄 알랴 싶기에

살아감에 있어

죽도록 사랑해
보지 않은 자와
사랑하지 말라 한다

죽도록
사랑해 보지 않은 자가

어찌
사랑이란 게

죽도록
사랑하는
것을 알랴 싶기에

하루를
살아도 가슴에
달처럼 차오르는 사람

하루를
살아도 가슴에
꽃처럼 피어나는 사람

하루를
살아도 가슴에
한 잔의 술처럼 취하는 사람

살아감에 있어

하루를 살아도
그러한 사람을
만나서 사랑을 하라 한다

만나고 싶은 사람

평범한
한 사람을 만나고 싶다

노상
먹는 밥상의 수저처럼

노상 입는
일상의 옷차림처럼

화장이
벗겨진 맨 얼굴을

그대로
비추어도 좋은

부담없이
만나올 수 있는 사람

부담없이
생각나는 그리운 사람

그도 나처럼
세월에 적당히

하이얀 서리가
머리에 나리오고

그도 나처럼
적당히 세월에

구겨진
주름살도 있는

길거리 어디서나
흔히 볼 수 있는 사람

모퉁이
어디서나 낯익은 사람

나처럼
부르기 쉬운 이름과

나처럼
부르오면 정겨운 이름

나도 세월 앞에
적당히 빛바라 있듯이

그도 세월 앞에
적당히 빛바라 있다면

더욱더 좋은 사람

그런 평범한
한 사람을 만나오고 싶다

자존심

불어
오는 바람에
갈잎 나리오며

불어
오는 바람에

어스름
물들이운 저녁 노을이

이내 가슴에
고이 물들어 와

어김없는
그 계절 그날이

내게로
찾아오면

그때
잡았으면
어땠을까는 바로 너이고

그때
접었으면 어땠을까는

어줍잖은
바로 나의 자존심이다

9월

높디 높은
구월의 하늘을 한 장 찢어

그리운
그대에게로 보내운다

그대를 그리는
나의 마음이 그러하노라고

짙디 짙은
구월의 노을을 담뿍 적시어

그리운
그대에게로 보내온다

그대를 향하는
나의 눈길이 그러하노라고

더하면 더하지
족하지 않노라고

높디
높은 구월에

짙디
짙은 그리움의 편지를
보내온다

그리움

꽃이 꽃이라
아니 하여도 피고 지듯이

슬픔이란
슬픔이라 아니 하여도
눈물이 나는 건가 보다

바람이 바람이라
아니 하여도 흔들리우듯

그리움이란
그리움이라

아니 하여도
보고 싶은 건가 보다

돌아보면
비루하고 남루한 삶

돌아보면
초라한 인생의 성적표

둘러보면

인생사
천지가 사람이거늘

사람 하나
스쳐간 이 내 가슴엔

스쳐간
계절이 오면

그리움이
꽃이 되어 피고 지고

스쳐간
길 모퉁이에 서면

그리운 가슴이
눈물 되어 주저앉는다

봉숭아

그대
사랑 내 가슴에
봉숭아 꽃물 드리우리라

계절의
마지막 꽃잎으로

계절의
마지막 색을 드리우리라

혹여
그대가 차울 제

행여
그대가 등 돌리올 제

하여
이 못난
내가 어찌하지 못하올 제

봉숭아 꽃물
굽이굽이 드리운

그대
향한 이 내 사랑을

이 내
가슴에서
이 내 손톱 끄읕까지

조금
조금씩 벗기우리라

별을 품은 사람

가슴에
별을 품은
사람을 만나오고 싶다

하여
곁에 서면

나도
어둠을 밝혀
줄 수 있을 것만 같은 사람

하여
곁에 서면

나도
고개를 끄덕여
줄 수 있을 것만 같은 사람

그러한 사람
한 사람을 만나오고픈 건

나도 따라
별이 되고 싶기 때문이다

나도 따라
반짝이고 싶기 때문이다

이 땅에 태극기로

이 땅에
태극기로
살아가야 한다는 건

반만년
서글픈
역사의 슬픔을

홀로이
펄럭이며
살아가야 한다는 것

이 땅에
태극기로
살아가야 한다는 건

반만년
서글픈
사연을

홀로이
삼키우며
살아가야 한다는 것

하여

이 땅에
태극기로
살아가야 한다는 건

내가
부르고 싶을 땐

부르지
못하여 아팠던 이름과

내가
부르라 하였을 땐

부르지
아니하여 멍든 이름을

한없이
감싸며 흘러가다

가장 높고
가장 귀한 자가 아니라

가장 낮고
가장 천한 너와 내가

말없이
말없이
그 이름을 부르다 가는 것

그대가 말하길

그대가 말하길

눈물 많아
눈에 밟히고

맘이 여려
맘에 밟힌다셨죠

하여
나도 가질 수 없던

내 마음을
가져갔노라 하셨죠

돌아서면
어리우는 눈물에

돌아서면
참는 그리움에

노상
나의 맘 아려오는 건

바로
너라고 하셨죠

하여
나도 가져보지
못하였던 나의 마음

그 마음을

가져간 건
바로 너라고 하셨죠

하여
뉘도 가져보지
못하였던 나의 맘

가져간 건
바로 너이니

다시
만나올 때까지

행여라도
울지 마라셨죠

행여라도
그리워 마라셨죠

그
대
가
말
하
길

한 사람이 있습니다

뒤돌아보니
사람이 하나 있습니다

그게
무엇인지는 모르지만

비가 오면

가슴에
비가 되어 흐르는 사람

바람 불면

눈가에
눈물 되어 내리는 사람

돌아보면

목이 메어
기어이 주저앉히는 사람

지우자고
지워봐도
지워지지 아니하고

덮자고
덮어본들
덮어지지 아니하는 사람

아직도
그게 무언지는 모르지만

뒤돌아보니

그런 사람

한
사
람
이
있
습
니
다

연서

시리운
하늘 가득히

그대
그리는 마음 적어

마음마저
시리운 날

그대
창에 보내오리라

그대 하마

펼치우고
하이얀 백지라면

그대
그리는
그리움에

이 내 맘
적시어 지워진 것이요

그대 하마

펼치우고
까아만 묵지라면

그대
그리는
눈먼 그리움에

하마
보내지 못한

타버린

어느 마음
하나 있다 여기옵소서

다짐

사랑하는
사람을 떠나보내던 날

눈물 대신
다짐을 하였지요

보내도
보내는 것이 아니듯

떠나도
떠나는 게 아니라고

눈메인 저 하늘
목메인 저 산하

가슴
에이게 있는 한
필히 다시 만나리라

억겁의
세월을 스쳐지나도

내가 그대를
그대가 나를

서로는 서로를
거울인 양 알아보리라

아무 일
없듯이 다시 만나리라

하여

나 그대 향한
다짐을 하였지요

이 내
작은 가슴에
꽃씨 하나 피워 올리리라

이 내
마른 가슴에
두레박 하나 띄워 올리리라

하여

저
하늘 저 산하
눈메이게 있는 한은

행여
그대가 아닌
다른 사람일지언정

꽃길 따라
눈길 따라
목메인 입술을 적시리라

그러다 보면
행여 그대도

다시
만날 날 오리라
다짐 또 다짐하였지요

행복을 비는 마음

이제는
그대를
가슴에서 내려놓습니다

사랑
만큼 아픈
그대가 행복하기를

사랑
만큼 아픈
그대가 다시 사랑하기를

하여

사랑만큼
아픈 그대가
나보다 더 행복하기를

바라옵고
바라옵기까지는

미련한 저에겐

이토록 많은
세월이 흘렀습니다

하여
사랑만큼
아픈 그대가

하여
사랑만큼
그리운 그대가

이제는

나보다
더 행복하길
바라옵고 또 바라옵니다

사랑

돌아보면

노상
미안한 게 사랑이다

돌아보면

노상 해준 게
없어 더 미안한 게 사랑이다

돌아보면

늘
그 자리 그곳에
있을 것 같은 사랑

돌아보면

노상
웃어주고 참아주던 사람

하여

내 사랑은
이제부터 시작인데

하여

내 고백은
이제부터 시작인데

돌아보면

미안한
그 사람이 없는 게 사랑이다

돌아보면

목이 메어 와
가슴 주저앉는 게 사랑이다

얼굴

저물어
오는 밤이면

그림자 내리는

얼굴이
하나 있습니다

내 마음
다 내주지 못하여

얼룩지인 얼굴

내 말을
다 건네지 못하여

목메인 이름

눈에
눈물인 건지
눈물에 빗물인 건지

저물어
오는 밤이면

그 얼굴
별이 되어 내리고

바람
부는 밤이면

그 이름
바람 되어 불어오는

그립고
그리운 그 얼굴

목메이고
목메이는 그 이름

가슴에
켜켜이
접어 두었노라

세월에
훠이훠이
날려보냈노라

여기고
여기었어도

계절이
오가는 길목에 서면

하마
어찌지 못하는

그립고
그리운 그 얼굴

타는
그리움으로

에이는
보고픔으로

이 내 가슴에

뚜욱 뚝
지고 또오 집니다

목메인 편지

세월이
옷자락을
스치울 적마다

하마
어쩌지
못하는 그리움에

울먹이는
이 내 가슴은

시립고
시리운 하늘 가득

그립고
그리운 편지를 씁니다

그대가
나에게 하던 말

너도 내가
보고 싶었냐는 말

그대가
내게 듣고 싶다던 말

너도 나만큼
내가 보고 싶었냐는 말

허나
그대가 끝끝내
내게서 듣지 못한 말

웃지만 말고
내게 답해 보라던 말

지금도
하마 입술이
전하지 못하여

눈물로
전하는 말

시립고
시리운 하늘 가득

나도
그대가 보고 싶어요

목메인

편
지
를
씁
니
다

나에게 감사합니다
하지만,

새삼 이 나이에

새삼
이 나이에

영화의
한 장면으로
살고자픈 게 아니요

새삼
이 나이에

영화의
한 장면 같은
사랑이 찾아올 리도 없소

이 한
목숨 진다 한들

한 줌의
기사도 안 되는 너와 나

이 한 세상 살다간들

이름 석 자 없이
스러지는 너와 나

그런
네가 나를 부르고

그런
내가 너를 부를 때

서로이
겨우 아는
이름 석 자가 아니던가

비록
포장 마차 속

기울이는
한 잔의 소주와

선술집
따르는 막걸리 한 대접이

삼류
인생 살다가는
너와 나의 모습 다일지
모르지만

허나
기죽지 마라

이 한 세상

삼류인생
삼류조연인
너와 내가 없이는

영화 속
소설 속 주인공도
없는 것이니

빈손

나는 빈손입니다
본디 빈손이였기에

다 쥐었다 다 놓아도
족함이 없는 빈손입니다

내가 빈손이기에
상대가 빈손이어도 좋고

내가 빈손이기에
상대가 내미는 빈손도
좋습니다

내가 빈손이라
상대의 빈손도 알 수 있어
좋고

내가 빈손이라
언제든 다시 빈손이어도
좋습니다

하여

내가 빈손이라
더욱 좋은 까닭은

상대의 아픈 이마에
내 빈손을 얹을 수 있어
더 좋고

상대의 목마름에
내 빈손을 채워줄 수 있어 더
좋습니다

힘에 대하여

친구야
조금만 기다려줄래

내가 좀더
강해지고 힘이 생길 때까지

내가
많이 넘어지고

내가
많이 다치고

내가 많이
상처 입어 본 사람이라

내가 강해지고
내가 힘이 생기면

너의
무거운 짐을 들어주고

너의
힘든 일을 대신해주고

아픈
너를 어루만져 줄게

힘이란

나보다 약한
너를 위해 기르는 것

힘이 있고
권력이 있어 좋다는 건

바로 그
이유 때문이라 난 여긴다

꽃잎

꽃이 진다 한들

그 꽃을
기억하는 이 뉘리요

잎이 진다 한들

그 잎을
기억하는 이 뉘리요

계절에 나리우고

바람에
나리우는 잎새마냥

덧없는 인생사

허나

문득 이

계절이 찾아오고
바람이 불어와

어느
시간 앞에 서면

향기로
피어오르는 꽃잎
숨결로 피어오른 꽃잎

너가 그러하듯
나도 그러하고 싶다

그리움

누군가를
그리워 한다는 건

그리움이
깊어가면 갈수록

그 그리움
그늘 지울까

그리웁다
하마 말하지 못하는 것

누군가를
설레운다는 건

그 설레임이
바람에 나부끼울까

설레웁다
하마 말하지 못하는 것

하여
그보다 더한

누군가를
사랑한다는 건

눈에서
물 들어온

그 누군가가

가슴에
뚜욱 떨어지는 노을

하여
그 노을을 어찌 말하리오

하여
그 사랑을 어찌 말하리오

이 계절에

나 하마
지나는 세월이지만

지나는
세월에게 물어봅니다

그대도
나만큼 그리웠냐고

나 하마
스치는 바람이지만

스치는
바람에게 물어봅니다

그대도
나만큼 목이 메었냐고

하여

나
꽃이 지우는
이 계절에 물어봅니다

그대도 나만큼

한 가슴 시려 와
잠 못 이루었냐고

그대도 나만큼

눈이 멀어와
눈물 흘리었냐고

하여도 그대는!

어느 별
어느 하늘 아래서도

하마
나처럼 울지 마시길

하마
나처럼 아파 마시길

바라옵고
바라옵노라고

나
꽃잎 지는 이 계절에

그대를

이 내 가슴에서
살포시 내리어 놓습니다

너와 나

네가
나를 만나게 됐다는 건

내 비록
보잘 것 없고
내 비록 도움 안 되는

사람일지언정

네가 어떤 모습
어떤 사람일지언정

한결같은
마음 하나를
만났었다는 것이다

네가 나를
만나게 됐다는 건

네가 높다고
너의 등을 밟고

더 높이
서지도 않을 것이요

네가 낮다고

너를
내 발밑에
놓지도 않는다는 것이다

네가
나를 만나게 됐다는 건

네가
정상에 올라갔을 땐

내려올 너를 위해

시원한
물 한 잔을 들고

서있을
누군가가 있었다는 것이고

힘들고 지칠 때

기댈 수
있는 가슴
한 켠을 만났었다는 것이다

적어도 네가
나를 만나게 됐었다면

세상 모두가
너를 등지고 외면할 때

같이
외면하지 않고

세상 모두가
너에게 손가락질할 때

같이
손가락질하지 않을

누군가가
옆에 있었다는 것이요

너를
향해 온통 물드는

붉은 노을
하나가 있었다는 것이다

하여

적어도 네가
나를 만나게 되거나

만났었다면
나로 인하여

부끄럽다 소리는
듣지 않을 것이다

왜냐면

보잘 것 없는
내가 너를 만나
해줄 수 있는 건

바로
그것밖에
없음이기 때문이다

권력이란?

권력이란 힘의
지배가 아니라 힘의
나눔이다

권력이란 힘의
남용이 아니라 힘의
관용이다

하여

하늘이
내세 권력을 선물했다면

아픈 자를 업어주고
고픈 자를 나눠주고
족한 자를 어루만져 주는 것

하여

하늘이
내게 권력을 선물했다면

강한 자로부터
약한 자를 보호해 주고

강한 자로부터
약한 자를 대변해 주라는
선물이자 축복

하기에

권력으로
사람을 지배하려 한다면

또다른
권력으로 지배당할 것이요

권력으로
사람 가슴 울리운다면

또다른
권력으로 내 가슴 또한
울 것이다

하기에
권력이란!

나의 권력이
떨어진 그날부터

또다른 권력에
내가 우는 허무함이나니

6월의 기도

하루를 살아도
내 조국 내 하늘

하루를 살아도
내 품에 내 자유

하루를 살아도
나 부끄럽지
아니하게

하루를 살아도
나 후회하지
아니하게

하늘을 우러러
바라고 바라는
6월의 기도

나의 조국
대한민국 영원하라

그때 그 마음

우리의 인연이
어디까지인지는 모르지만

우리의
인연이 끝날 때에도

우리
처음 만난 그때
그 마음 같았으면
좋겠습니다

나도 모자라고
그대도 모자란
사람과 사람이 만나

서로가 서로의
모자람을 채워 만져주고

서로가 서로의
모자람을 감싸주면서

내 가슴이
그대 가슴을 채워가는 건지

그대 가슴이
내 가슴을 채워가는 건지

바라만 보아도
가득한 서로와 서로

불러만 주어도
그윽한 서로와 서로

우리의 인연이
어디까지인지는 모르겠지만

우리의
인연이 끝날 때에도

아무리
눈물 나도
아무리 목이 메어도

서로가 서로의
모자람을 감싸오던

우리
처음 만난 그때
그 마음 같았으면
좋겠습니다.

목메인 편지

세월이
옷자락을
스치울 적마다

하마
어쩌지
못하는 그리움에

울먹이는
이 내 가슴은

시립고
시리운 하늘 가득

그립고
그리운 편지를 씁니다

그대가
나에게 하던 말

너도 내가
보고 싶었냐는 말

그대가
내게 듣고 싶다던 말

나만큼 너도
내가 보고 싶었냐는 말

허나
그대가 끝끝내
내게서 듣지 못한 말

웃지만 말고
내게 답해 보라던 말

지금도
하마 입술이
전하지 못하여

눈물로
전하는 말

시립고
시리운 하늘 가득

나도
그대가 보고 싶어요

목메인

편
지
를
씁
니
다

세월

뉘라도

돌아보면
달리는 버스를

좇아
가던 사랑이 없으랴

뉘라도

돌아보면
빠알간 우체통에

빠알간 맘
붙이던 그리움 하나 없으랴

세월이
바람에 피고지고

세월이
가슴에 덮고 덮어 와도

하여도
세월에
떠오르는 얼굴

하여도
세월에
그리운 이름

하여
그 사람
만나온 계절이 오면

하여
그 사람
만나온 시간이 오면

하마
세월 지나도

어이
눈물이 아니 나리오

어이
가슴이 아니 미어지리오

다음 생을 택한다면

굳이
다음 생을 택하란다면

그저 사람만
아니면 좋다라고 싶소

이름없는 들녘의
이름없는 꽃이어도 좋고

한숨처럼 버려진
길가의 돌멩이어도 좋으니

그저 사람만 아니면
좋다라고 하고 싶소

족하면 족한 대로
모자라면 모자란 대로

어느 것 하나
떠받들지 않고

어느 것 하나
떠받들 것 없이

가깝지도
멀지도 않은
각자의 거리에서

바람이
불면 부는 대로

비가
나리면 나리는 대로

각자의 언어와
각자의 몸짓으로

세월 따라
계절 따라
구성진 가락으로

희노
애락을 부르다 보면

굳이 내가
다가가지 않아도

굳이 그대가
다가오지 않아도

만날
인연은 열매를 맺고

아니 한 인연은
낙과로
떨어지는 것이 아니겠소

별이 되고 싶다

가슴에 별을
품은 사람을 만나우고 싶다

아니
곁에 서면

나도 반짝일 것
같은 사람을 만나우고 싶다

하여
곁에 서면

나도 어둠을 밝혀
줄 수 있을 것만 같은 사람

하여
곁에 서면

나도
고개를 끄덕여
줄 수 있을 것만 같은

그러한 사람
한 사람을 만나우고픈 건

나도 따라
별이 되고 싶기 때문이다

나도 따라
반짝이고 싶기 때문이다.

외길

외길을
간다는 건
흰 눈에 호올로 핀

가녀린 매화의
흐느끼움 같은 것

외길을
간다는 건
푸르디 푸르른 바다

날아가는
가우제의
날갯짓 같은 것

하여
외길을 간다는 건

외로워서
가는 길이 외길인 건지

가다보니
외길일 수밖에 없어

가는 길이
외길인 건지

가도
가도 한없는

그 길
외길
외롭기 가이없어라

꽃잎 지는 계절에

나 하마
지나는 세월이지만

지나는
세월에게 물어봅니다

그대도
나만큼 그리우웠냐고

나 하마
스치는 바람이지만

스치는
바람에게 물어봅니다

그대도
나만큼 목메이었냐고

하여

나
꽃이 지우는
이 계절에 물어봅니다

그대도 나만큼
가슴 시리었냐고

그대도 나만큼
잠 못 이루었냐고

하여도 그대!

어느 별
어느 하늘 아래서도

하마
나처럼 우지 마시길

바라옵고
바랐었냐고

나
꽃잎 지는 이 계절

그대
가슴에
살포시 물어봅니다

누군가를 알아간다는 것은

누군가를
알아 간다는 것은

그의 화려한 날과
그의 초라한 날까지

모든 걸 내가
받아들인다는 것이다

누군가를
알아 간다는 것은

그의 인생과
그의 모자람까지

모든 걸 내가
감싸안아 준다는 것이다

하여

나의 인생의
한귀퉁이를 지우고

나의
인생의 한귀퉁이에
누군가를 물들여 가는 것

하듯이

누군가를
알아간다는 것은

내가
누군가가 되기도 하고

누군가가
내가 되기도 한다는 것이다

그래야 한다는 것이다

나는 그대를 만나

내가 잡고 싶은 것

무엇을
붙잡고픈가라 한다면

그것은
바로 너의 마음이다.

무엇을
담고픈가라 한다면

그 또한
바로 너의 마음이다.

세월 가고
계절 흘러도

나의 답은
늘 그러하리니

세월 가고
계절 흘러도

너의 답도
늘 그러하다면 좋으리라.

당신과 나

당신이
힘들 때가 있듯이

나도
힘들 때가 있었고

당신이 말 못 할
사연이 많았듯이

나도 말 못 할
사연이 많았습니다.

때론
어설피 아는 것이
더 말 못 할 때도 있고

때론
너무 많이 아는 것이
더 말 못 할 때도 있습니다.

아픔 없는 인생 없고
흉터 없는 청춘 없듯이

산다는 건

내 안에
나이테를 새기는

나무의
고독일는지도 모릅니다.

바람같이
스러지는 인생 속

당신과 나

만난 것만으로도
서로이 따스운 인연.

하기에

너무 가깝지도
너무 멀지도 않은

그 자리 그 곳에서

당신과 나

서로의
모자란 인생을
끄덕여만 주어도
좋겠습니다.

하고픈 말

그대!
빛바란 세월 앞에

나! 아직도
하지 못한 말이 있어요

세월이
켜켜이 쌓여갈수록

시간이
차곡이 쌓여갈수록

못 다한
그리움이 눈가에

빗물 되어
찾아오는 그대

그대!
나 아직도

그대에게
하고픈 말이 있어요

세월이
내 가슴에
수없이 피고 지어도

순간이
내 곁을
수없이 스쳐 지나도

이 내 가슴이
하지 못한 말

이 내 입술이
하지 못한 말

나!
아직도 그대가

　　　보
　　　고
　　　싶
　　　어
　　　요

이런 사랑을

살아감에 있어

죽도록
아파 보지 않은 자와
사랑하지 마라 한다.

내가
아파 보지 않은 자가

어찌 네가
아픈 줄 알랴 싶기에

살아감에 있어

죽도록 사랑해
보지 않은 자와
사랑하지 마라 한다.

죽도록
사랑해 보지 않은 자가

어찌
사랑이란 게

죽도록
사랑하는 것
이란 것을 알려 싶기에

하루를
살아도 가슴에
달처럼 차오르는 사람

하루를
살아도 가슴에
꽃처럼 피어나는 사람

하루를
살아도 가슴에
한 잔의 술처럼 취하는 사람

살아감에 있어

하루를 살아도
그러한 사람을
만나서 사랑을 하라 한다.

나에게 인생이란

나에게
있어 인생이란

서지
못한 채 휘라면

꺽임
만도 못한 것

피지
못한 체 지라면

스러
짐만도 못한 것

하여

나에게
있어 인생이란

굳이
이러하게
살고프다가 아니라

필히
이러하게
살지 못하온다면

이
한 목숨 떨구우는 것

이
한 세상 태우는 것

나에게 인생이란

그
러
한
것

무제1

인생사
사연사

뉘라도
호올로
길이라지만

인생사
사연사

뉘라도
추하고
초라하다지만

하여도
그대와 나

서로이
만나온다면

하여도
그대와 나

서로이
기대온다면

이 내
눈동자
그대 가슴에

이 내
숨소리
그대 귓가에

까만 밤
하이얀
미리내되어

밤이 새도록
날이 새도록

그대 가슴에
흘러흘러 가고파라

올곧다는 것

꽃잎 지운
계절의 끝처럼

시리운 자리에
홀로운 상고대처럼

사람이
사람다운 것도 어려웁지만

사람이
사람다웁게
산다는 건 더욱 어려웁다

거친 바다에
홀로인 등대처럼

시리운
밤하늘 가르는
철새의 날갯짓처럼

사람이
사람다운 것도 외로웁지만

사람이
사람다웁게
올곧음은 더욱더 외로웁다

무제2

내가 모자라고
네가 모자라도 좋다

왜냐!
같이 모자라서 좋기에

내가 모자라고
네가 똑똑해도 좋다

왜냐!

네가
똑똑해서 더욱 좋기에

내가 똑똑하고
네가 모자라도 좋다

왜냐!

똑똑한 내가
너를 늘 감싸줄 수 있기에

동그라미에게

동그라미가
많은 세상 속에
살아가는 세모입니다.

좋은 게
좋은 거라고

둥글게
둥글게
살라고들 합니다.

그러나

동그라미가
세모가 될 수 없듯이

세모도
동그라미가 될 수 없습니다.

어느 날
뾰족할 수 없듯이
어느날 둥그럴 수 없습니다.

동그라미는 동그런 게
내려올수록 작아지지만

세모는 뾰족한 게
내려올수록 작아집니다.

동그라미는
모두에게 둥그렇지만

세모는
모두에게 뾰족한 것은
아닙니다.

세모가
누군가를 찌를 수 있다는 건

누구가 세모를 찔러도
받아들일 수 있다는
뜻입니다.

하기에 세모는

아무나
이유없이
여기저기 찌르지 않습니다.

동그라미는
동그라미만 보일지 몰라도

동그라미와 동그라미
사이에는 세모가
존재합니다.

세모가 없이는

동그라미는

동그라미를
결코 만날 수 없습니다.

동그라미는

세모에게
둥글게 둥글게 살아라
하지만

세모는

동그라미에게
뾰족하게 살아라 하지
않습니다.

동그라미가
두 개이어야
세모는 하나이지만

어차피

동그라미도
혼자 살 수 없듯이

동그라미와
동그라미 사이에

반드시
있어야 하는

세모를
세모로 살아라
하면 아니 될까요?

너만은

내가 많이 아파 봤으니
너만은 아프지
말라 하고 싶다.

내가 용감해 봤으니
너만은 비겁해도 좋다라고
싶다.

내가 앞장서 봤으니
너만은 뒤에 있어도
좋다라고 하고 싶다.

내가 많이 울어 봤으니
너만은 울지 말고
웃어라라고 싶다.

내가 홀로이 외길을
걸어 봤으니
너만은 홀로이 외길을
걷지 말라고 하고 싶다.

내가 깊은 밤 홀로이
울고도 또 울었던 사람이니
너만은 그러지 말라 하고
싶다.

세상은 그저 좀 비겁하고
세상은 그저 좀 야비하고
세상은 그저 좀

눈치보며 사는 게
실은 가장 행복하고도
행복하나니

기왕이면 남의 고통에
눈감아라
기왕이면 남의 아픔을
외면하라
기왕이면 남의 불행에
참견 마라
실은 가장 그게 행복하게
사는 것이나니

너만은 그리 살라 하고 싶다
내가 다 해 봤고 내가
다 아파 봤으니.

그 이름 그 얼굴

저물어
오는 밤이면

그림자 내리는

얼굴이
하나 있습니다.

내 마음
다 내주지 못하여

얼룩지인 얼굴

내 말을
다 건네지 못하여

목메인 이름

눈에
눈물인 건지
눈물에 빗물인 건지

저물어
오는 밤이면

그 얼굴
별이 되어 내리고

바람
부는 밤이면

그 이름
바람 되어 불어오는

그립고
그리운 그 얼굴

눈메이고
눈메이는 그 이름

가슴에
켜켜이
접어 두었노라.

세월에
휘이휘이
날려보냈노라.

여기고
여기었어도

계절이
오가는 길목에 서면

하마

어찌지 못하는

그립고
그리운 그 얼굴

타는
그리움으로

에이는
보고픔으로

이 내 가슴에
뚜욱뚝
지고 또오 집니다.

밥 같이 먹을래요?

밥을 같이 먹자라는 건
서로가 좋아하는 사이라는
것이다.

서로가
서로를 궁금해하고

서로가
서로의 시간을 맞추고

서로가 서로를 위해
참고 기다려야
하는 것이기에

술 한잔 합시다
차 한잔 합시다
하는 이는 많아도

밥 같이 먹을래요?
하는 이는 그닥 없다.

밥을 같이 먹는다는 건

술의 힘을 빌려 속내를
털어놓는 나약함도 아니며

차의 향기에 취해 속내를
부풀리는 겉멋도 아니며

일상의 소소함까지 전부
상대에게 드러낸다는
것이기에

밥을 같이 먹는다는 건
있는 그대로의 나를 보이고
있는 그대로의 그대를
본다는 것이다.

그러기에
밥을 같이 먹자라는 건

마주 앉은 차 한잔보다
기울이는 술 한잔보다
더욱 좋아하는 사이라는
것이다.

그러므로
향이 담긴 찻잔보다
술이 담긴 술잔보다

밥이 담긴
밥그릇이 더 크지 않은가!

그러고도 모자라
상대에게 내 것을 덜어
줄 수 있는 게 밥이 아니던가!

마주 앉은 차 한잔보다
주고 받는 술 한잔보다

더 많은
반찬의 가짓수를 같이
하자는 건

상대의 삶 속으로 더
가까이 가고 싶음이
아니겠는가!

서로가 서로의 일상으로
들어가고 싶음이
아니겠는가!

그러므로
밥을 같이 먹자는 건
서로가 좋아하는 사이라는
것이다.

그리고
그래야만 가능한 사이라는
것이다.

세월의 길목

하이얀 가슴
나도 타고 너도 타도

그래도
나는 좋아라
그것이 사랑이어서

푸른 청춘
나도 데이고 너도 데여도

그래도
나는 좋아라
그것이 사랑이어서

아파도
미워할 수 없고

미워도
하마 잊을 수 없는

나에게
그 사람 이름은 너

너에게
그 사람 이름은 나

세월이 흐르러

눈에
눈물이 흐르러도

나에게
그 사람 이름은 너

너에게
그 사람 이름은 나

세월이
흐르는 길목에서

계절이
피고 지울 적마다

어김없이
목에 목메이고
눈에 눈메이는 사람

나에게
그 사람 이름은 너

너에게
그 사람 이름은 나

그래도
나는 좋아라
그것이 사랑이어서

그래도
나는 좋아라
그 사랑이 내 사랑이어서

그대가 있어 행복합니다

그대는 나를
만나 행복하다지만

나는
그런 그대를
만나 더 많이 행복합니다

그대는 마주앉아

차를
마실 수 있는
내가 있어 행복하다지만

나는 마주앉은

찻잔 앞에
그대가 있어 더 행복합니다

그대는
바람 따라 별 따라

같이
떠날 수 있는
내가 있어 행복하다지만

나는
바람 따라 별 따라

그대 곁에
내가 있어 더 행복합니다

그대는
그대에게로

노을이 되는
내가 있어 행복하다지만

나는
그대에게로

잠기우는
노을이 되어 더 행복합니다

그대는
너무 늦은
만남이 아쉽다지만

나는
지금이나마
그대를 만나 더 행복합니다

그대는

그대가
살아 있는 한
나와 행복하고 싶다지만

나는

그런
그대가 있어
더는 행복에 여한이
없습니다

굳이
원이 있다면

오늘처럼만
그대 곁에는 내가

내 곁에는
그대가 있었으면 합니다

무제3

당신은
늦은 세월에

저를
만나운 것을
미안타 하시지만

세월이란

꽃이
아름다운 계절이 있듯이

열매가
아름다운 계절도 있기에

당신과
나 사이에도

당신이
늦었다 하시올 적에

당신이
미안타 하시올 적에

나에게는
지금이라도

나에게는
더 늦기 전에
내 곁에 있는

당신이
고맙고도 고마웁다 입니다.

이 한 사람

그저
미우나 고우나
이 사람 내 사람이요

그저
좋으나 궂으나
이 사람 나 위한 사람이요

이 한 세상

그런 사람
한 사람을 만나우면

내 가슴 아픈 날
그대 나를 어루만지우듯

그대 가슴 아픈 날
나 그대 어루만지우며

해가
가고 달이 가고

바람 불고
비가 나리어도

그대 곁에는 내가
내 곁에는 그대가

서로의 볼을

가만
가만이 물들이오며

살포시
살포시
살다가고 싶습니다.

처음 인연

우리의 인연이
어디까지인지는
모르겠지만

우리의
인연이 끝날 때도

우리
서로 처음 만난
처음 인연 같았음
좋겠습니다.

서로이 만나오면

서로이 설레이고
서로이 반가웁고
서로이 고맙고도 고마운

서로와 서로의
그러한 처음 인연

바라보면 따스하고
떠오르면 향기롭고

기다리면
설레이고 설레이던

노을 가득
물드는 서로와 서로

어느 바람 불던 날
우리가 처음 만났듯

우리의 인연이
어디까지인지는 몰라도

우리의
인연이 끝날 때도

우리
서로 처음 만난
처음 인연 같았음
좋겠습니다.

그대도 나만큼

그대!
지금도 묻고 싶어요

비록
나리는 비에

떨구는
꽃잎이 되었지만

불꽃의 계절
입술에 맺히운

하마
떨구지 못하였던 말

하마
피우지 못하였던 말

그대!

그대도
나만큼 사랑했었나요!

그대도
나만큼 아팠었나요!

하여도
계절은 오고

하여도

계절은
가슴에
수없이 스러져도

그대!
지금도 묻고 싶어요!

그대도
나만큼 보고픈가요!

그리움

아직도 내 가슴엔
그대 그리운 눈먼

그리움
만이 쌓여 있는데

어느새 내 눈엔
그댈 보내오던

얼룩진
봄이 가득입니다.

오늘도 그날처럼

나보다 더
날 사랑한 그대의

마지막
눈빛처럼
서러븐 비 나리우는데

무너진 가슴만이
그대에게로 달려갈 뿐

오늘도 그날처럼

하마 젖은
발걸음 고개를 떨구옵니다.

연서

춘
삼월 가득
그대 그리는 마음을 적어

벚꽃
고이 나리울 제

그대
창가에 나리우리라

그대 하마

펼치우고
하이얀 백지라면

적시
어진 그리움에

이 내 맘이
지워진 것이요

그대 하마

펼치우고
까아만 묵지라면

눈먼
이 내 그리움에

하마
적어 보내지
못하였다 여기소서

그대 그림자

나
그대가 떠나던 날
그대
그림자에
하염없이 두고온 말

이 내
가슴 미어지어

그때는
하마 하지 못한 말

바람 불어오고
비가 나리오면

그대
떠난 자리마저
꽃꽃잎 나리어

그대
그림자를 몰고오면

눈먼
내 가슴 가득

아직도
하지 못한 말

나
그대가 그리웁다

내 좋은 이

남루한 삶에

내 좋은
이를 만나온다면

하고픈 일도
별처럼 많고

가고픈 곳도
바람같이 많았습니다.

남루한
삶에 내 좋은 이란

내가
있어 그가 있음이

밤이
되면 찾아오는
당연한 그림자 같음이고

내가
있어 그가 있음이

해가
지면 물들어오는

당연한
저녁놀 같음이었습니다.

하여
남루한 삶에

내 좋은
이를 만나온다면

서로 인생의
무거운 짐을 조금씩 덜어주고

서로가
서로의 모자란
흠을 조금씩 덮어주면서

굽이굽이 인생길
고비고비 사연사를

두 손 꼬옥
마주 잡고
걸어 가고픔이었습니다.

나는 바라노라

나는 바라노라
내가 이 땅에 살았었노라고

나는 바라노라
내가 이 땅에서
사계를 맞이했었노라고

봄이면
진달래 피오고

여름이면
소낙비 나리오고

가을이면
단풍 고이 물들이오다

겨울이면
너와 나의 가슴에
흰눈이 소복이 쌓이오는

금수강산
나의 조국 대한민국에

나 바라노라
너와 내가 이 땅에
살았었노라고

목이 터지도록
심장이 터지도록
외치다 가길 바라고
바라노라고

그대에게 감사합니다

대한민국 나의 조국

이토록
아픈 줄 몰랐습니다.

이토록
야윈 줄 몰랐습니다.

이토록
멍든 줄 몰랐습니다.

부르고 또
불러야 할 이름이

외치고 또
외쳐야 할 이름이

영원히 또
영원해야 할 이름이

내가 불러
주어야 피어나는 이름

내가 어루
만져야 가시는 이름

내가 뒤돌아
보아야 글썽이는 이름

그 이름
대한민국 나의 조국
영원하라

그대가 말하길

그대가 말하길

한 잔 술에
어리우는 얼굴이라 하셨죠

그대가 말하길

한 잔 술에
찰랑이는 목소리라 하셨죠

빈 술 잔
따르지 못하여도

구슬피
한 곡조 부르지 못하여도

그저 옆에만
있어도 좋다고 하셨죠

그저 바라만
보아도 좋다고 하셨죠

술을
마셔 보고픈 건지

보고파서
술을 마신 건지

너라서
한 잔의 술인 건지

밤이
새도록 별이
새도록

술잔에 어리우는 얼굴
술잔에 찰랑이는 목소리

그건
바로 너라고 하셨죠

이제는 터엉 빈 자리
이제는 목메인 자리

그대 가고 없는
그 자리 그 곳에서

목메인 그리움을
빈 잔에 가득 부어

그대와의
사랑을 삼키어 봅니다

별

나 너의
가슴에 별이 되고 싶다

밤이
가장 어두울 때가

별은
가장 빛이 나는 때

나
그런 별이 되어

너의 깊은
어둠을 밝혀주고 싶다

따스한
계절의 밤보다

차디 찬
계절에 타오르는 불꽃

나
그런 별이 되어

너의
차운 계절을

따스히 밝혀 주고 싶다

잠 오지
않는 너의 밤엔

별 하나
나 하나 헤아리는 별

눈물
고인 너의 밤엔

점점이
뿌우연 은하수

나 그런
별이 되어

너의
아픔을 헤아리며

너의
눈물 대신에
피고지는 별이 되고 싶다

저녁에

나 아직도
어스름 저녁

그대를 보내던
그 자리 그곳에

그리운
그림자 하나 어리우면

눈먼
그리움에 목이 메어 와

눈에서
보낸 당신을

가슴이
미처 보내지 못하여

나 아직도

이별을
이별이라 말 못 하고

눈에서
보낸 당신을

가슴이
미처 보내지 못하여

하염없는 눈물에

이내
가슴이 스러집니다

사람다운 것

사람이
사람다운 것도 어려웁지만

사람이
사람다웁게
산다는 건 더 어려웁다.

다 베어 낸
벌판에
호올로 지는 노을처럼

시리운
겨울에 호올로
피어오르는 상고대처럼

사람이
사람다움도 외로움이지만

사람이
사람 올곧음은 더한
외로움이다.

시리운
밤하늘
가르는 철새의 날갯짓처럼

저물어
가는 밤
홀론 섬에 우뚝 선 등대처럼

사람이
사람다운 것도 어려웁지만

사람이
사람다웁게
산다는 건 더욱더 어려웁다

눈 먼 그리움

흘러
버리운 세월 너머엔

나도 울고

기대인
차창도 뿌옇게 울던

하마

붙잡지 못한
사람 하나가 있습니다

만남이란
내가 언제 누구를

어떻게
만나올지 모르지만

이별이란
내가 언제 누구를

어떻게
떠나 보내올지를

서로
말하지 않아도

서로의 가슴을
울리우는 메아리

하여

수없는 계절이
내 가슴에 피고지어도

내 가슴
울리우던 그 사람

내 눈물
울리우던 그 사람

내 가슴을
떠나보내오던

계절이 찾아오면

눈 먼
그리움에
목이 메어 옵니다

나에게 감사하다 하지만
나는 그대에게 감사하다

그대는 나를 만나
나에게 감사하다 하지만

나는 그대를 만나
그대에게 감사합니다

그대는
나에게 어떻게
너를 만났을까 하지만

나는
어떻게든 그대를
만나게 되어 행복합니다

비가 오면

서로이
우산을 양보하느라
서로의 옷자락이
다 젖어도

눈이 오면

서로이
장갑을 양보하느라
서로의 두 손이 시리고
차워도

지친 여행 끝에

서로이
좌석을 양보하느라
다른 이가 앉아 버려도

그대는 나를 만나
나에게 감사하다 하지만

나는 그런
그대를 만나
그대에게 감사합니다

그대가 아니고선
물들지 아니하는 계절

그런 그대가
있어 이처럼 좋은 날

나의 심장에도
빠알간 노을이 물들어 옵니다

그대도 나와 같았는지를

세월에

그저
흘려 보내다가도
붙잡고 물어봅니다.

그대도
나와 같았는지를

그저
잊어버리다가도
나즉이 물어봅니다.

그대도
나와 같았는지를

그때나
지금이나
계절은 오고가고

그제나
지금이나
세월은 흘러만 가는데

만나올 것이란

약조도 없이
만나온 사람이지만

하마
떨구지 못한 그리움.

하마
보내지 못한 목메임.

나
지금도
가만히 물어봅니다.

그대도
나와 같은지를

그대도
지금도 그러한지를.

그리움

꽃이 꽃이라
아니 하여도 피고지듯이

슬픔이
슬픔이라 아니 하여도
눈물이 나는 건가 보다

바람이 바람이라
아니 하여도 흔들리우듯

그리움이란
그리움이라

아니 하여도
보고 싶은 건가 보다.

돌아보면
비루하고 남루한 삶

돌아보면
초라한 인생의 성적표

둘러보면

인생사
천지 사람이거늘

사람 하나
스쳐간 이 내 가슴엔

스쳐간
계절이 오면

그리움이
꽃이 되어 피고지고

스쳐간
길모퉁이에 서면

그리운 가슴이
눈물에 주저앉는다.

왜냐고 묻지 않듯이

나도 한없이
기대어 울고 싶은 날이 있다.

바람이 나무에
기대어 한없이 울듯이

낙엽이 빗물에
기대어 한없이 울듯이

나도 한없이
기대어 울고 싶은 날이 있다.

나무가
바람에게 왜냐고 묻지
않듯이

빗물이
낙엽에게 왜냐고 묻지
않듯이

기대어
울면 끄덕여 주는 사람.

기대어 울면
가슴 한 켠을 내주는 사람.

그런
사람에게로

세월 따라
내 삶을 기대운 채

나도 한없이
기대어 울고 싶은 날이 있다.

노을

저무는
가을하늘 노을 가득한 날엔

그대
그리는 이 내 맘 적시어

그대 창에 보내오리다.

그대 하마

펼치우고
하이얀 백지라면

그대 그리는
그리움에 지워진

마음 하나
있다 여기시옵고

그대 하마

펼치우고
까아만 묵지라면

그대 그리는
그리움에 눈 멀어

타버린
마음 하나 있다 여겨주소서.

지금도 나처럼

그대!
지금도 묻고 싶어요.

비록
가을 바람에
지운 낙엽이 되었지만

불꽃 같은 시절
꽃잎 입술에 맺히운 채

하마
떨구지 못하던 말

하마
피우지 못하던 말

그대도
나만큼 사랑했었나요.

하여

그대도
나만큼 아팠었나요.

하여도

그대!
지금도 나처럼 보고픈가요.

바보

나는 아무 것도
할 줄 모르는 바보인지라

호올로
남기어진 계절이 오면

한없는
어찌할 바를 모르옵니다.

나보다 더
나를 사랑한 사람이

나보다 더
나를 아끼오던 사람이

나를
남기오고 떠날 것을

셈할 줄
모르던 바보인지라

호올로이
남기어진 계절이 오면

한없는
어찌할 바를 모르는

한없는
눈물만이 흐르옵니다.

내 좋은 이를 만나면

내 좋은
이를 만나면

별 맑은 하늘을
같이 보고 싶었습니다.

뉘라도 유년엔

별 하나
너 하나 헤아렸듯이

내 좋은
이를 만나면

타박타박
두 사람의 발자국이

그림자 내리우고
계절이 내리우는

어느 조그만
시골길을 두 손 꼬옥
마주 잡고

별 하나
너 하나인

별 맑은
하늘을 같이 보고
싶었습니다.

보고 싶은 사람

빛바란 세월에

잃어버린
사람이 하나 있습니다.

굳이

그 사람
이름을 대라신다면

목에 목메이고
눈에 눈메이는 사람

빛바란
세월 뒤돌아보면

그 사람이
부르던 이름이 나였고

내가 부르던
사람이 그 사람이었던

빛바란 세월에도

보
고
싶
은
사
람

가을

어디서
가을이
오느냐 내게 묻는다면

층층이
높아만 가는 하늘

점점이
물들어 오는 노을

총총히
박히어 오는 별빛

하여

그 노을
네 가슴 물들이우고

그 별빛
네 눈에 반짝이올 제

그렇다
그렇듯

너에게로
가을이 올 때
나에게로도 가을이 온다.

그대라는 이름

언제나 내게

눈시울
노을 적시우는
이름은 그대라는 이름

비가 오면
비에 적시우고

바람 불면
바람에 뒹그르는

그 이름 내게는 그대

세월이
그리움을 몰고와도

하마

내가 아프더라도

내가
미워할 수 없는 사람

그 이름 내게는 그대

청춘

달리는
차창에 기대어

눈물 훔쳐 보지
않은 청춘이 어디 있으랴

가슴
한쪽이 타들어가

재가 되어
보지 않은 청춘이
어디 있으랴

청춘의
뒤안길에 서면

사람이
꽃잎 진 자리마다

순간의 사랑보다
더 아픈 이별이 몰리어 오고

사람이
낙엽진 자리마다

그 이별보다
더 아픈 그리움이

눈시울 가득
노을 되어 물들어 온다

그리운 얼굴

내게
사랑을 말하라신다면

숨조차
쉴 수 없었노라

내게
사랑을 말하라신다면

눈조차
뜰 수 없었노라

하여

가슴에
멍울진 이름이었노라

내가
울면 그도 울고

내가
아프면 그도 아파오는

아파도
그리운 얼굴이었노라

하여도
미워할 수 없는
사람이었노라

내게
사랑을 말하라신다면

나
그러하였노라 말하고
싶어라

愛別

불어오는 바람에
나, 아직도 하지 못한 말.

마냥 있을 거라
나, 아직도 하지 못한 말.

지금은 떠난 자리
나, 눈물 되어 하지 못한 말.

그리움도 족하고
보고픔도 족하고도 족한

그
이
름

愛
別

미련한 약속을

미련한 약속을

지키는
바보가 있습니다.

하마
그대가 오시려나

바람이
불면 부는 대로

비가 오면
비가 오는 대로

지는 노을에
그리운 맘 잠기우다

지는 잎에
눈물 떨구우며

하여도

그대가
잊었노라가 아니라

하여도

내가
잊었노라였나 싶어

하마
그대가 오시려나

미련한 약속을

지키는
바보가 있습니다.

그 이름 그 사람

이 내
가슴에
한 번은 보고픈 사람

그리움도
하마 잊혀지울까

그마저
슬퍼져 오는 사람

불어오는 바람에

수없는
계절이 흐르고

수없는
나날이 흘러도

그래도 다시 한 번 만
그래도 행여 한 번 만

갈바람
불어 오는 날이면

이 내 가슴이
하마 떨구지 못한 그리움

갈바람
불어 오는 밤이면

이 내 가슴이
부르는 그 이름 그 사람이

가
이
없
이
보
고
싶
어
라

이 한 세상

한 세상
어둡다 우는 당신

조그만
저를 만나옵고

이 한 세상
차워도 따스했노라고

이 한 세상
어두워도 길이 보였노라고

당신이
말씀하신다면

내 비록
빛으로 왔다가

바람 속에
잠기우는
보잘 것 없음이오나

당신의
하이얀 입김에도

붉게
물들어 떨리우던

수줍움이었어라.

말
하
오
리
다

그대 가슴 내 가슴

그리운
사람을 보내는 날엔

눈물보다
아련함이

꽃잎 되어
날렸으면 좋겠다.

그리운
사람을 보내는 날엔

아픔보단
그리움이

비가 되어
내렸으면 좋겠다.

하여
서로가
서로를 보내오는 날

미움보다
보고픔이

서글픔보단
다시 만나올 인연을

서로이
믿고 믿어가며

그대 가슴
내 가슴 꽃잎 되어

그렇게 그렇게

서로이 여울져
흘렀으면 좋겠다.

당신과 내가 만나온다면

이 넓은 세상 속

서로이
기댈 수 있는 어깨와

서로이
기댈 수 있는
가슴이 있어

눈물 대신
웃음이 나왔으면
좋겠습니다

눈 감아도
그리웁지 않은 사람과

보고 있어도
설레지 않는
사람 속에서

이 넓은 세상 속

나란 사람과
당신이란 사람이
만나온다면

눈 감아도
그리웁고

보고 있어도
그리워 설레이는

그러한
당신과 내가 되고
싶습니다.

내게도 있습니다

생각하니

보고픈
사람 하나 있습니다

비가 오면
가슴에 비 되어 흐르고

눈이 오면 가슴에
눈 되어 차워지는 사람

그리워
그리움이 노을 적시오고

목메어
목메임이 떨리우다

너무 보고파
생각에서 지워진 사람

너무 보고파
생각마저 나지 않는 사람

생각하니
그러한 사람 하나

내게도 있습니다

그런 사람

바라만 봐도

내 얼굴
노을 되어 물들고

먼
발치에서도

내 가슴
바람 되어 울리우는

그런
사람이 하나 있다는 건

과하지도
족하지도 않은

내
인
생
에

훈장 같은 것

가을 하늘

가을 하늘을
포옥 적시어 사람
가슴 가슴을 물들이고 싶다.

상처난 가슴
멍들은 가슴
그런 사람 사람들

가슴 가슴에
가을을 물들이우고 싶다.

황금의 들녁과
능금의 계절을 물들이우다

사람의 얼굴과
사람의 가슴을 물들이우다

그렇게 그렇게
가을 하늘을 포옥 적시우다

내 좋은 이의
가슴 가슴마저
온통 물들이우고 싶다.

인생

굳이
말하지 아니 하여도

나와 닮은 사람
나와 닮은 인생

너무나 닮아서

서로는 서로에게
다가설 수도 없고

서로는 서로를
외면할 수도 없는

서로는 닮은 사람
서로는 아픈 사람

얼마나 아픈지
얼마나 깊은지

굳이
말하지 않아도

내가 그대를
그대가 나를

서로는 서로를
너무나 아는 사람

서로는 서로를
너무나 느끼는 사람

그래서
서로는 서로에게

다가설 수도
멀어질 수도 없는 사람

그늘진 얼굴에
사연 많은 인생

그것이
우리네 사연

그것이
우리네 인연

그것이
우리네 인생